JOSEFA CONTIJOCH   LUIS FILELLA

MARIQUILLA Y LA NOCHE

Combel
EDITORIAL

DE NOCHE, MARIQUILLA
MIRA EL CIELO.

LUCIÉRNAGA CONTEMPLA
LA LUNA LLENA Y SUSPIRA:
—¡QUÉ LUZ TAN HERMOSA!

PÁJARO PREGUNTA:
—¿CÓMO SERÁ? ¿FRÍA O CALIENTE?

LIBÉLULA, MENTIROSA, DICE:
—NI FRÍA NI CALIENTE, TIBIA.

–¿CÓMO LO SABES?
¿ACASO LA HAS TOCADO?

–¡OH, DESDE LUEGO!
ESTUVE ALLÁ ARRIBA...
¿NO VES QUE TAMBIÉN TENGO ALAS?

PÁJARO DICE:
–MARIQUILLA, ¿QUIERES QUE VAYAMOS?

–¡OH SÍ, VAMOS!

MARIQUILLA, LUCIÉRNAGA Y PÁJARO
SE ELEVAN HACIA EL CIELO.

18

LLEGAN A LA RIBERA DE UN LAGO
DONDE SE REFLEJA LA LUNA.

–¡AQUÍ PODEMOS TOCARLA!
–¿ESTÁ FRÍA, VERDAD?
–¡SÍÍÍ, MUY FRÍA!

© 2002, Josefa Contijoch, Luis Filella
© 2002, Combel Editorial, S.A.
Caspe, 79. 08013 Barcelona – Tel.: 93 244 95 50 – Fax: 93 265 68 95
combel@editorialcasals.com
Primera edición: septiembre de 2002
ISBN: 84-7864-646-9
Depósito legal: M-30044-2002
Printed in Spain
Impreso en Orymu, S.A. - Pinto (Madrid)

serie **al PASO**

Recopilaciones de narraciones dirigidas a niños y niñas a partir de 5 años. Las ilustraciones, llenas de ternura, dan personalidad a unas historias sencillas que los más pequeños podrán leer solos.

serie **al TROTE**

Recopilaciones de cuentos dirigidos a aquellos pequeños lectores que ya empiezan a seguir el hilo narrativo de una historia. Los personajes de estas historias acompañarán a niños y niñas en la aventura de leer.

serie **al GALOPE**

Serie de títulos independientes para pequeños lectores a partir de 6 años. Historias llenas de fantasía, ternura y sentido del humor que harán las delicias de niños y niñas.